OTHÈQUE SLAVE ELZÉVIRIENNE

LE

CYCLE ÉPIQUE

DE MARKO KRALIEVITCH

PAR

Louis LEGER

*Membre de l'Institut, Associé de l'Académie royale
de Belgrade, de l'Académie des Slaves méridionaux,
de la Matitsa Serbe de Novi Sad.*

PARIS

ERNEST LEROUX, ÉDITEUR

28, RUE BONAPARTE, 28

1906

BIBLIOTHÈQUE SLAVE ELZÉVIRIENNE

TOME XVI

LE CYCLE ÉPIQUE
DE MARKO KRALIEVITCH

OUVRAGES DU MÊME AUTEUR

La Littérature Russe. 1 vol. in-18 jésus. (Armand Colin et Cⁱᵉ, éditeurs.)

Chrestomathie Russe. 1 vol. in-18 jésus (Armand Colin et Cⁱᵉ.)

Chants héroïques et chansons populaires des Slaves de Bohême. 1 vol. in-8. (Librairie internationale.)

La Bohême historique. 1 vol. in-8. (Librairie internationale.)

Cyrille et Méthode. *Etude historique sur la conversion des Slaves au christianisme.* 1 vol. in-8. (Librairie Franck.)

Le Monde Slave. 2 vol. in-12. (Hachette et Cⁱᵉ éditeurs.)

Etudes Slaves. 1 vol. in-12. (Leroux, éditeur.)

Itinéraires de l'Asie centrale. 1 vol. grand in-8. (Leroux, éditeur.)

Grammaire Russe. In-18. (Maisonneuve, éditeur.)

Les Racines de la Langue Russe. In-18. (Maisonneuve, éditeur.)

La Mythologie Slave. In-8. (Leroux, éditeur.)

Nouvelles Etudes Slaves. 2 vol. in-12 (Leroux, éditeur).

La Chronique dite de Nestor. 1 vol. grand in-8. (Leroux, éditeur.)

La Save. Le Danube et le Balkan. 2ᵉ édit. 1 vol. in-18. (E. Plon, Nourrit et Cⁱᵉ, éditeurs.)

Contes Slaves. 1 vol. in-18. (Leroux, éditeur.)

Russes et Slaves. 3 vol. in-18. (Hachette et Cⁱᵉ, éditeurs.)

Histoire de l'Autriche-Hongrie. 4ᵉ édit. (Hachette et Cⁱᵉ, éditeurs)

Voyage en Orient de Son Altesse Impériale le Cesarevitch. (Sa Majesté l'Empereur Nicolas II.) In-4°. (Ch. Delagrave, éditeur.)

L'Evangeliaire de Reims. (Reims, Michaux, éditeur.)

Souvenir d'un Slavophile. (Hachette et Cⁱᵉ, éditeurs.)

Moscou. (Librairie Laurens.)

Prague. (Librairie Laurens.)

Histoire de la Littérature Russe. (Librairie Larousse.)

LE

CYCLE ÉPIQUE

DE MARKO KRALIEVITCH

PAR

Louis LEGER

*Membre de l'Institut, Associé de l'Académie royale
de Belgrade, de l'Académie des Slaves méridionaux,
de la Matitsa Serbe de Novi Sad.*

PARIS

ERNEST LEROUX, ÉDITEUR

28, RUE BONAPARTE, 28

—

1906

A Monsieur

LE Dr MILENKO VESNITCH.

Ancien Ministre de Serbie à Paris

Cordial souvenir

d'un vieil ami de son pays.

LE CYCLE ÉPIQUE

DE MARKO KRALIEVITCH

MARKO DANS L'HISTOIRE ET DANS L'ARCHÉOLOGIE

Parmi les peuples slaves, les Russes, les Petits-Russes, les Serbes et les Bulgares sont les seuls qui aient conservé et qui chantent encore aujourd'hui des épopées populaires. La veine épique, si abondante chez eux, mais qui, avec les progrès de la civilisation occidentale, tend à diminuer, est depuis longtemps complètement tarie chez les peuples catholiques, les Tchèques et les Polonais.

La littérature populaire des Serbes est particulièrement riche en épopées. Une bibliographie détaillée de tous les recueils où elles figurent comprendrait probablement plusieurs centaines de numéros. Parmi ces épopées on distingue deux groupes principaux, celui qui célèbre cette bataille de *Kosovo pole* (le champ des merles) où la nation serbe succomba définitivement en 1389, et celui qui célèbre les exploits légendaires de Marko Kralievitch dans lequel ce personnage, qui n'a qu'une valeur historique assez médiocre, joue tour à tour les rôles les plus extraordinaires.

Voyons d'abord ce que nous apprend l'histoire sur ce Marko [1].

Il a régné de 1375 à 1394. Il était fils d'un roi serbe (kralj) Voukachin qui possédait Skopia, Prilep et Prizren. En 1370,

1. Je suis ici la biographie de Marko rédigée par M. Josef Jireczek pour l'excellente Encyclopédie tchèque actuellement en cours de publication à Prague.

nous voyons Voukachin concéder un privilège commercial aux Ragusains. Ce privilège est contresigné de Marko. Un autre document des Archives de Raguse nous montre Voukachin établi en juin 1371 à Skodar (Scutari) et prêt à entreprendre avec Marko une expédition en Herzégovine. Voukachin meurt en 1371 durant une campagne contre les Turcs à Cermen (Tchermen), aux environs d'Andrinople. Marko lui succède, mais il règne désormais comme tributaire des Turcs, il réside tantôt à Prizren, tantôt à Skopia,. Avec son frère Dmitri il fonde à Skopia le monastère de Saint-Dmitri, qui existe encore aujourd'hui et qui prétend posséder sa tombe. On trouve l'image du roi Marko sur les fresques du temple de Saint-Michel à Prilep et dans des inscriptions à Zrzava et à Ochrida.

Un des manuscrits serbes de la collection Khloudov à Moscou dit que c'est dans cette ville que le pieux roi Marko se maria avec Hélène, fille du voïévode

Chlapen, seigneur de Berrhoea et de Voden.

Nous n'avons pas de chartes signées de Marko ; mais on connaît de lui une monnaie d'argent avec cette inscription : « Le pieux roi Marko fidèle au Christ. »

Vassal du sultan, il fut, en cette qualité, obligé de prendre part aux expéditions de Mourad et de Bajazet. On ignore s'il assista à cette bataille de Kosovo qui fut si funeste à ses compatriotes. L'imagination voudrait croire qu'il était ce jour-là, occupé ailleurs. En tout cas, il dut prendre part en 1394, à l'expédition de Bajazet Ier contre son quasi-homonyme le voïévode roumain Mirtcho [1]. Il succomba le 10 octobre dans un combat sanglant.

D'après Constantin le philosophe, dans sa Vie d'Étienne Lazarevitch, Marko était allé d'assez mauvais gré à ce combat où il

1. Le Mirtchea le Grand de M. Xénopol (*Histoire des Roumains*, Paris, E. Leroux, 2 vol. in-8°). M. Xénopol ignore l'épisode auquel nous faisons allusion.

devait trouver la mort. Il aurait dit à son compatriote Constantin, l'un des dynastes serbes de la Macédoine : « Je prie Dieu de venir en aide aux chrétiens. En ce qui me concerne, je demande à mourir le premier dans ce combat. »

Il périt en effet ; mais Dieu ne vint pas en aide aux chrétiens, qui succombèrent. Le territoire sur lequel régnait Marko fut occupé par les Turcs qui, dès 1391, s'étaient emparés de Skopia. Ses frères s'enfuirent en Hongrie.

On montre encore, à Prilep, un monastère et une église construits par Marko. Dans le monastère de Saint-Dmitri, une vieille fresque représente le roi Vlkachin (en serbe moderne Vukachin), la reine Hélène et un personnage que l'on avait cru être Marko et qui s'appelle en réalité Ivanitch. Une inscription rappelle que l'église a été restaurée par les soins du roi Vlkachin, de la reine Hélène, de leurs quatre fils, le pieux roi Marko, André, Ivanich et Dmitri. C'est dans cette église qu'auraient été ensevelis les rois Vlkasin (ou Voukachin) et Marko. Mais leurs tombes ont été dégradées [1]. Il reste encore la moitié de la plaque du tombeau de Marko, sur laquelle se lit son nom accompagné de l'épithète de Ktitor [2]. Ce précieux fragment est encastré dans les murs d'une cuisine du monastère.

En diverses parties de la péninsule balkanique, on retrouve le nom de Marko attaché à des accidents naturels ou à des constructions. Ainsi, près de Koukouch,

1. Les ruines du château de Marko Kralievltch ont été décrites par M. Milioukov dans le Bulletin de l'Institut archéologique russe de Constantinople. On prétend montrer encore dans ce château l'écurie du cheval Scharats, l'inséparable comcompagnon du héros. Le peuple prétend que Marko est toujours vivant. Il est au fond de la mer avec son coursier. Quand il étrille Scharats, on entend le bruit que font les dents de fer. Vers minuit, le héros revient dans son château chercher de l'avoine pour Scharats.

2. C'est le mot grec κτήτωρ appliqué aux auteurs de fondations pieuses.

non loin de Dragoman, on montre des pierres qui auraient éte jetées par Marko. Dans les monts du Rhodope, on montre les chaudrons de Marko, entre Sofia et Plovdiv (Philippopoli), la porte de Marko et l'auberge de Marko.

Auprès de Visegrad en Bosnie, le voyageur russe Hilferding vit une tour à moitié ruinée. C'était, au dire des gens du pays, une ancienne prison que Marko avait détruite.

Aux environs de Négotin (dans le royaume de Serbie) on voit les ruines d'une église qui aurait été élevée à l'endroit même où Marko aurait péri embourbé par un marais. Près d'Uzica (Oujitsa), sur une montagne, se creusent les écuelles de Marko Kralievitch [1]. En Slavonie, près de Gabos, un tumulus porte le nom de Marko. Il aurait été formé par la terre qui garnissait la chaussure du héros et qu'il aurait secouée dans un moment de dépit. Aux

1. Comparez les cuves de Sassenage.

environs de Karlovac (Karlstadt), en
Croatie, on montre la trace du pied de son
cheval.

LA LÉGENDE DE MARKO ET
SON EXPANSION

Comme on le voit, l'histoire et l'archéologie nous apprennent fort peu de chose
sur Marko Kraliejvitch. Entre les données
qu'elles nous fournissent et le rôle colossal
que le héros joue dans l'épopée populaire
il n'y a point de commune mesure. Son
cycle épique rayonne sur tout l'ensemble
des peuples sud-slaves et même sur leurs
voisins. Il a son foyer chez les Serbes, les
Croates, les Bulgares. Il a pénétré chez
les Roumains, où Marko est connu sous
le nom de Marko le Chevalier (Marcu
Vitezul) et a donné lieu à un certain
nombre de chansons épiques où il joue
un rôle assez cruel, non moins cruel d'ailleurs que celui que lui prêtent quelques

chants (un chant le représente brûlant sa femme toute vive, un autre infligeant le même supplice à sa mère). Ces chants roumains ont été étudiés récemment par M. A.-J. Jatsimersky dans le recueil de mémoires publié sous les auspices de la deuxième section de l'Académie des Sciences de Saint-Pétersbourg [1]. La légende de Marko Kralievitch a même pénétré dans la littérature populaire de la Petite-Russie où circulèrent longtemps des recueils sur un certain Marko le Maudit qui ont donné lieu à un poème de Storojenko. La parenté du Marko Petit-Russien avec le Marko serbe a été contestée. Elle semble bien établie par les recherches que M. Khalansky a résumées dans le copieux ouvrage dont le titre figure à la fin de ce volume.

Si, comme je le pense, elle est fondée, il y a lieu de se demander si le nom de Marko Kralievitch n'avait pas été apporté

---

1. T. IX, 4e livraison. p. 204 et suiv.

dans la Petite-Russie par les colons serbes
qui se sont établis dans la Russie méri-
dionale au dix-huitième siècle [1].

Au fond la légende de Marko Kralievitch
domine à la fois la littérature épique des
Serbes, des Croates et des Bulgares ; mais
elle a pour foyer principal la région de
Prilep, la Vieille Serbie. Les traits caracté-
ristiques du héros vont en s'affaiblissant,
en s'atténuant à mesure que les chants
s'éloignent du foyer primitif.

Les Serbes voient volontiers en lui un
héros national. Mais les Bulgares le revendiquent à leur tour. Pour mettre d'accord
les deux nations sœurs, disons que c'est
un héros des Slaves balkaniques. Il est
disputé par les deux peuples comme la
Macédoine, que les politiciens de Belgrade
et de Sofia revendiquent tour à tour. La

1. Voir sur cette question le livre de M. Emile
Picot, *Les Serbes de Hongrie*. Paris, Leroux, 1874.
Le bourg de Slavianoserbsk, qui est situé dans le
gouvernemnt d'Ekaterinoslav, rappelle encore
aujourd'hui cette colonisation serbe.

poésie populaire *serbe,* qui le revendique souvent pour le peuple serbe, l'adjuge aussi parfois à la Bulgarie.

> Eto tebi Kraljevicu Marko
> Ot lijepe zemlje Bugarije.
> Voici Marko Kraljevitch.
> De la belle terre bulgare.
> Svaka zemlja hvali gospodara,
> Bugarija Kraljevica Marka.
> Chaque pays loue son seigneur,
> La Bulgarie loue Marko Kralievitch.

Ces vers étaient chantés à une époque où on ne prévoyait pas encore les conflits de l'avenir[1].

LES CHANTS ÉPIQUES

Les chants épiques, qui ne circulent plus guère aujourd'hui que dans le peu-

1. Sur Marko Kralievitch et sur l'épopée populaire serbe on peut consulter en français *Chants populaire des Serbiens,* traduits par Mme Élisa Voïart

ple chantés par des *gouslars* [1] aveugles, jouaient naguère un rôle plus relevé dans la vie sociale. Ils étaient chantés à la table des grands. Nous avons à ce sujet un curieux témoignage du xviie siècle. « Au temps de mon enfance, écrivait le Croate Georges Krijanitch [2], existait encore cet usage chez les Croates et chez les Serbes. Les personnages de marque, les voïévodes

(d'après la version allemande de Talvi, 2 vol., Paris, 1834); D'Avril, *La bataille de Kosovo, rhapdis serbe* (Paris), et surtout Auguste Dozon, *L'épopée serbe* (in-8º, Paris, Leroux, 1888). — En allemand, un travail fort utile est celui de M. V. Jagic, *Kraljevic Marko kurzkizzirt nach der serbi chen Volksdichtung*, Archiv für Slavische Philologie, t. V, 1881, p. 439-455.

1. Joueur de *guzla* ou plus exactement *gusle*. On sait que ce nom de guzla a été vulgarisé chez nous par Mérimée dans un recueil qui constitue une audacieuse et plaisante mystification. La guzla est un instrument monocorde que le chanteur racle avec un archet.

2. Sur Krijanitch, voir mes *Nouvelles études, slaves*, 1 vol. in-12º, Paris, E. Leroux, 1880, p. 1-47.

étaient assis à la table et derrière eux des guerriers chantaient les exploits des héros. Leurs chants célébraient la gloire de Marko Kralievitch, de Novak Debeliak, de Miloch Kobilitch et d'autres héros » Au xviiie siècle, le chroniqueur bulgare Paisii écrivait : « Notre peuple a beaucoup de chants sur Kralievitch; mais beaucoup de ces chants ressemblent à des fables. Si l'on prend au sérieux tout ce qu'ils racontent Marko serait un impudent personnage et un ivrogne, sans parler de ses autres défauts. » Le bon Paisii n'a pas tort : le fait est que Marko, comme nous le verrons tout à l'heure, n'est pas tout à fait un paladin sans reproches.

Le premier littérateur qui eut l'idée de recueillir les chants relatifs à Marko, ce fut, au xvie siècle, le poète ragusain Pierre Hektorovitch. Il a publié, dans son poème sur *La Pêche*, trois chants qu'il avait recueillis de la bouche des pêcheurs, ses compatriotes. Aujourd'hui on estime à plus de deux cent cinquante le total des

poésies connues relatives au héros légendaire.

Le contenu de ces poèmes n'est guère
d'accord avec le peu que l'histoire nous
apprend sur la personne de notre héros.
L'épithète de Kralievitch attachée à son
nom (fil de kral, c'est-à-dire fils de roi)
nous indique son illustre origine. C'est le
fils du roi Vlkachin ou Vukasin (Voukachin) Mrniatchevitch. C'est aussi, comme
certains héros de l'épopée populaire russe,
le fils d'un dragon. Sa mère, suivant certaines chansons, est une princesse Euphrosyne, fille du voïévode Momtchilo.
Suivant des légendes fantastiques il est
le fils d'une Vila, une sorte de nymphe
ou de sirène slave [1] que son père a prise
dans un lac et qu'il a obligée à devenir
son épouse. Il a été nourri du lait d'une
Vila et, en récompense de services rendus
à une autre Vila, il a reçu un sabre et un
cheval. Un poème du recueil de Vouk (II,

2. Sur les Vilas, voir ma *Mythologie slave*,
Paris, E. Leroux, 1901, p. 166-175.

25) désigne comme son lieu de naissance Scutari d'Albanie, dont il fait une charmante description :

Quelle jolie ville que Skadar sur la Boïana ! Si tu regardes la montagne au-dessus du château, elle est toute plantée de figuiers et d'oliviers et de vignes chargées de raisins, — Si tu regardes à pic au-dessous du château, tu vois une plaine de blanc froment ; autour d'elle une vaste prairie qu'arrose la verte Boïana, où frétillent maints poissons.

CARACTÈRE ET EXPLOITS DE MARKO

Marko ne vient point au monde avec cette force invincible qui plus tard fera trembler le sultan lui-même dans son palais de Stamboul. Dans son enfance, il garde les troupeaux ; il est souvent rudoyé par les bergers ; un jour on l'envoie à la recherche d'un cheval échappé. Il pénètre dans une forêt. Il aperçoit une belle fille endormie dont le visage est brûlé par le soleil. C'est une Vila. Il coupe une branche verte et la pose au-dessus de la tête de la dormeuse, de façon à lui donner de l'ombre. La Vila se réveille et, pour le remercier de cette attention, elle lui demande quel don il désire d'elle : « La force pour résister aux mauvais traitements des bergers. » La Vila l'allaite un instant de son lait. « Maintenant arrache-moi ce petit chêne. » Marko essaye sans aucun succès. La Vila l'allaite encore une fois et l'invite à recommencer l'épreuve. Cette fois Marko réussit : « Te voilà fort maintenant, dit la Vila ; tu peux t'en aller. » Désormais Marko tient tête aux bergers et les rosse au besoin.

De son enfance les chansons nous apprennent d'ailleurs peu de chose. Certaines chansons le représentent gardant les troupeaux et mourant de faim. D'autres font de lui un type de rôdeur et d'ivrogne : « Il va partout sans demander à personne, et partout où il va il boit du

vin. » Ce goût pour le vin, — le vin rouge
ou noir (rujno vino, crno vino), Marko
le partage avec la plupart des héros serbes
et ce trait de caractère n'est peut-être pas
indifférent. En exaltant les héros qui se
plaisent à boire le vin âpre du pays, la
chanson serbe les oppose tacitement aux
mécréants turcs qui ne boivent que de
l'eau.

Comme les enfants et les barbares,
Marko offre dans ses attitudes et dans ses
actions, les contrastes les plus violents.
C'est parfois un bon homme très pacifique
qui va par le monde, apaisant les querelles ; parfois un monstre de cruauté. Il
passe aux yeux de ses parents pour un
homme juste qui ne craint que Dieu seul.
Après la mort du fameux empereur [1]
Douchan, divers prétendants se dis-
putent la succession au trône ; le proto-
tope Nedelko les engage à prendre Marko

1. Douchan, tsar de Serbie, mort en 1355. On
lui doit un Code qui a été étudié par M. Da-
reste dans le *Journal des Savants,* 1886, p. 76-95.

pour arbitre. C'est lui qui est, Dieu sait pourquoi, le gardien des titres généalogiques. Il décide en faveur de l'héritier légitime Ouroch contre son propre père, contre ses oncles. C'est lui qui, après avoir fait proclamer Ouroch, le défend contre leurs revendications en dépit de la malédiction paternelle.

Quand le roi Voukachin a entendu cette decision, il devient furieux :

Il s'élance et tire son poignard pour en percer son fils.

Marko se mit à fuir devant son père, car il ne lui convenait pas de se battre avec celui qui l'avait engendré ; il se mit à fuir autour de l'église, de la blanche église de Samodreja; déjà il en avait fait trois fois le tour, et, comme son père était sur le point de l'atteindre, une voix sortit du sanctuaire : « Réfugie-toi, dans le temple dit-elle, Marko Kralievitch. Ne vois-tu pas que tu vas périr, périr de la main de ton père, et cela pour la justice du vrai Dieu ? » Les portes s'ouvrirent, Marko se précipita dans le temple et sur lui elles se refermèrent. Le roi se jeta sur les portes ; de son poignard il frappa le bois, et du bois le sang commença à couler. Alors le roi se repentit et il dit ces paroles : « Malheur à moi, voici que j'ai tué mon fils Marko ».

Mais la voix reprit du sanctuaire : « Écoute, roi Voukachin, ce n'est point ton fils Marko que tu as transpercé mais un ange du Seigneur. » Contre Marko le roi était violemment irrité et il se mit à le maudire avec rage :

« Marko, mon fils, que Dieu t'extermine. Puisses-tu n'avoir ni tombeau ni postérité et puisse la vie ne pas te quitter que tu n'aies servi le tsar des Turcs ! »

Le roi le maudit, le tsar le bénit : « Marko, mon parrain, Dieu t'assiste ! Que ton visage brille dans le Conseil ! Que ton épée tranche dans le combat ! Qu'il ne se trouve point de preux qui l'emporte sur toi et que ton nom partout soit célébré, tant qu'il y aura un soleil, tant qu'il y aura une lune ! »

Ainsi avaient-ils dit, ainsi lui est-il arrivé [1].

1. Traduction Dozon, *L'épopée serbe* p. 68.

J'ai tenu à citer en entier cette conclusion du poème : elle plaide en quelque sorte les circonstances atténuantes pour Marko. Si ce héros si vaillant a servi toute sa vie les Turcs au lieu de les combattre, s'il n'a pas toujours été un héros sans reproche, c'est qu'il n'a pu se dérober aux conséquences de la malédiction paternelle.

Vis-à-vis de sa mère Marko joue le rôle d'un fils tendre et respectueux. Il réside souvent avec elle dans le château de Prilep[1]. Il lui demande conseil dans les circonstances graves. Il lui sacrifie au besoin ses goûts belliqueux. Le butin qu'il rapporte de la guerre il le lui confie.

Les *pesme* ne sont pas d'accord sur les noms et l'histoire de son frère et de ses

---

1. Ce Prilep n'est pas la ville actuelle, le Perlepe des Turcs, dont la fondation, est postérieure au xve siècle. Sur son emplacement s'élève un petit village qu'on appelle Markova Varoch (le bourg de Marko) et qui est situé sur la montagne, tandis que la ville turque est dans la plaine.

sœurs. Elles lui prêtent un frère André et deux sœurs sur le caractère et les destinées desquelles elles sont loin de s'entendre.

MARKO ET LES FEMMES

En ce qui concerne la femme de Marko, ou plutôt les amours de Marko, les chantres serbes ont livré pleine carrière à leur imagination. Le héros refuse d'abord de se marier, en dépit des instances de sa mère ; il lui serait trop difficile de trouver une épouse digne de lui. Il finit par se décider, mais il a grand peine à réussir ; il est vrai qu'il a vis-à-vis des femmes des façons barbares peu propres à lui concilier leurs sympathies. Voyez, par exemple dans la traduction de M. Dozon (p. 73-86), la façon dont il traite la belle Rosanda, la sœur du capitaine Leka.

Il s'en va en grande pompe la demander

en mariage, non sans s'être largement abreuvé de vin noir. Mais Rosanda lui refuse sa main : « Plutôt vieillir et tresser mes cheveux blanchis à Prizren que de partir pour le château de Prilep et d'être appelée l'épouse de Marko, car Marko est le courtisan des Turcs ; avec les Turcs il tue et massacre ; il n'aura ni funérailles ni tombeau, on ne dira pas de prières sur sa fosse. De quoi me servira ma beauté si je suis l'épouse d'un courtisan de Turcs ? »

Ici encore la poésie populaire se fait l'interprète de la conscience nationale pour flétrir Marko, serviteur et courtisan des Osmanlis.

Voici comment Marko se venge. Il s'élance sur la jeune fille, tire son poignard, lui tranche le bras droit, au ras de l'épaule, lui met ce bras droit dans la main gauche, puis de son poignard, il lui arrache les yeux, les enveloppe dans un mouchoir de soie et les jette dans le sein de la jeune fille. Marko est un enfant de la nature, un barbare dont les accès de mauvaise humeur sont généralement terribles. Ainsi il tue dans un accès de rage un barbier qui en lui faisant la barbe a eu le malheur d'y découvrir un poil blanc et de le lui montrer. Dans un autre récit il recherche en mariage Roujitsa (Rose), fille du prince Miloutin de Prizren ; il se voit préférer un rival, mais cette fois il n'a pas de rancune et il assiste tranquillement à la noce. Il n'est pas plus heureux — ni plus violent — vis-à-vis d'une orpheline, à laquelle il entreprend de faire la cour et qui se trouve déjà fiancée à un autre.

La cruauté de son caractère reparaît dans la façon dont il traite une princesse arabe, c'est-à-dire une négresse. Il est tombé en captivité aux mains d'un roi maure et il languit pendant sept ans dans un cachot. A travers un soupirail de sa prison la fille du roi nègre lui promet de le délivrer s'il s'engage à la prendre pour femme. Marko a recours à un artifice peu digne d'un chevalier chrétien, mais dont l'antiquité classique nous a laissé plus d'un exemple [1]. Il ôte son bonnet, le place sur ses genoux et jure, en s'adressant à son bonnet : « Sur ma foi je ne t'abandonnerai pas, sur ma foi je ne te tromperai pas. » Et la pauvre Mauresque croit que c'est à elle qu'il fait ce serment. Elle le délivre, mais quand il voit ses bras noirs et son visage noir avec ses dents blanches, il éprouve un sentiment d'horreur. Il tire son sabre et blesse à mort la pauvre négresse qui lui crie en vain : « Marko Kralievitch, ne m'abandonne pas. » Il est vrai que rentré chez lui il a des remords et qu'il élève des fondations pieuses pour expier son crime. Il n'en avait

1. Le procédé de Marko (jurer à son bonnet) se trouve dans *L'Avare,* de Molière (acte I, sc. III) : « LA FLÈCHE. La peste soit de l'avarice et des avaricieux... — HARPAGON. Je veux que tu me dises à qui tu parles quand tu dis cela. — LA FLÈCHE. je parle... je parle à mon bonnet. »

pas autant fait pour la malheureuse Rosanda.

Il finit cependant par se marier. Les
pesme, qui ne sont pas d'accord avec l'histoire, lui donnent tour à tour pour femme
Hélène, fille du roi des Bulgares Sisman,
la fille du doge de Venise, celle du ban
de Zara ou celle de l'empereur Kostadin
de Constantinople.

Le mariage de Marko avec la fille du
roi des Bulgares ne s'accomplit pas sans
incident. Le *koum*[1] ou paranymphe qui ac-
compagne la fiancée, — et qui n'est autre
que le doge de Venise — en devient
amoureux pendant le voyage et tente de la
violenter. Elle résiste et raconte le danger
couru à Marko qui, pour se venger, tue
le doge et le garçon d'honneur qui l'ac-
compagnait. Nous avons vu un peu plus
haut qu'en réalité Marko avait épousé
Hélène, fille du voïévode Chlapen. Les

1. Ce mot slave vient du latin *cummater* (en
tchèque *kmotr*). Voir *Archiv für Slavische Philologie*, XV, 142.

noms que les *pesme* donnent à la femme du héros ne correspondent pas toujours à la réalité. Quelques-unes l'appellent Jelica, ce qui est une forme d'Hélène, d'autres Angjela, Angjelina. Elle ne joue d'ailleurs qu'un rôle effacé dans nos poèmes. Marko n'a qu'une médiocre idée de la femme. Il la considère comme un être uniquement fait pour obéir.

S'il ignore les raffinements de la galanterie chevaleresque, en revanche il observe vis-à-vis de sa femme légitime une fidélité à toute épreuve. Il lutte contre le Turc Alil-aga, qui finit par lui demander grâce en lui offrant sa maison et sa femme. Marko refuse avec indignation :

« Que le Dieu vivant t'anéantisse ! Comment m'appeles-tu frère, toi qui me donnes ta femme ? Ce n'est point chez nous comme chez les Turcs : pour nous la femme d'autrui est comme une sœur ; j'ai dans ma maison une épouse fidèle, une noble dame.. »

Son Hélène lui a été enlevée par Mina

de Kostour, tandis qu'il combattait au service du sultan contre les Arabes. Le sultan lui offre une femme turque pour la remplacer. Il refuse et son service fini il va à Kostour, délivre Hélène et la ramène à la maison. Si l'on en croit un chant bulgare [1], Marko, ne fut pas payé de retour.

Un trait caractéristique de Marko, c'est sa fidélité au sultan ; il se montre parfois un terrible serviteur et fait trembler son maître jusque dans son palais, mais au fond il reste toujours un vassal obéissant et dévoué. J'ai cité plus haut deux textes (voir pp. 19, 22) où le poète s'exprime assez durement sur cette vassalité. Nous avons vu comment la belle Rosanda la lui reproche et de quelle façon Marko se venge de ses propros injurieux. Sa mère, pour laquelle il a un si profond respect, n'ose lui faire de remontrances à ce sujet.

1. Cité par K. Jireczek, *Histoire des Bulgares* (édition russe, p. 432).

Un jour que le sultan a invité Marko à partir avec lui en expédition, elle se contente de lui dire : « Va, mon fils, au service du Sultan ; Dieu nous pardonnera. »

Étant donné que Marko ne représente ni l'idée de la lutte contre le Turc, ni l'idée de la revanche, pour quelles raisons est-il devenu si populaire ? Cette question M. Jagic se l'est déjà posée il y a tantôt un quart de siècle dans le travail que j'ai cité plus haut. Et il y répond ainsi : Si Marko est resté si populaire, c'est sans doute à cause de sa force physique. C'est probablement aussi, je suppose, parce qu'elle lui a permis d'être insolent vis-à-vis des conquérants. Le peuple serbe lui est resté reconnaissant de son impudence et de ses saillies brutales. Cette force a fait de lui un héros de légende. C'est peut-être encore parce que le rôle de vassal franchement accepté et loyalement rempli lui a permis de rendre de sérieux services à ses compagnons à une époque où ils ne pouvaient plus espérer de reconquérir leur indépendance. Cette force physique, Marko en est très fier et il se donne par moment des allures de matamore.

Koliko je u godini dana.
Toliko sam dobio megdana.

« Autant il y a de jours dans l'année, autant j'ai remporté de victoires », dit-il à son compagnon Redia qui a peur de je ne sais quelle Vila dans la montagne. Sa force, toutefois, n'est pas toujours égale à elle-même ; il lui arrive de succomber ou d'avoir besoin du secours d'autrui.

Il est surtout terrible quand il manie son *bouzdovan*, sa masse d'armes à six ailettes. Nul ne résiste aux coups qu'il porte ; il sème les cadavres autour de lui. Un jour il lutte contre douze Arabes et il les coupe en deux, si bien, dit plaisamment le chanteur, que de douze ennemis il s'en fait vingt-quatre. Autant il est terrible à l'ennemi, autant il reste insensible aux coups qu'on lui porte. A un adversaire qui lui décharge un coup dans le dos il se contente de dire : « Ne réveille pas mes puces ». Après la mort, il inspire encore une telle terreur que les ennemis restent huit jours entiers sans oser approcher de son corps.

Comme un grand nombre de héros légendaires, Marko possède un cheval merveilleux dont le nom est inséparable du sien. Ce coursier s'appelle Sarac (Scharats), le cheval pie, et sert tour à tour de monture à son maître pour chevaucher, de coussin pour sommeiller. Les récits diffèrent sur ses origines. Suivant certains textes, Scharats fut donné à son maître par une Vila et, comme lui il a sucé le lait d'une Vila. Suivant d'autres, Marko l'avait tout simplement acheté à un maquignon. Il avait essayé beaucoup de chevaux et pas un ne pouvait pas le porter. Un jour il aperçut un cheval lépreux qui le tenta. Il le prit par la queue pour le faire tourner autour de lui. C'était sa façon d'essayer les chevaux;

mais le cheval ne se laissa pas faire et resta immobile. Marko, ravi de trouver une monture si vigoureuse, en fit l'acquisition, guérit la lèpre de son coursier et lui apprit à boire du vin. Quand il lampe quelque mesure de vin noir, Marko en donne généralement la moitié à Scharats. Ce cheval, buveur de vin se distingue de ses congénères par une foule de traits épiques. De ses dents jaillissent des flammes vertes ; de ses narines souffle un vent froid ; de ses yeux sortent la grêle et la pluie ; sous ses sabots étincellent les éclairs ; de ses oreilles éclate le tonnerre. Comme son maître, Scharats a sucé le lait d'une Vila ; il peut sauter en hauteur trois longueurs de lance et quatre en avant, Il attrape une Vila à la course ; il sait distinguer les armes et les ennemis. Il est tout ensemble pour son maître un auxiliaire et un défenseur. Si Marko abat une partie de la troupe ennemie, Scharats se charge de l'autre. Il prend sa part des combats singuliers en mordant à l'oreille le cheval de l'adversaire. Si dans son sommeil Marko manque d'être surpris, c'est Scharats qui le réveille. Marko professe pour ce coursier une affection fraternelle, et quand il sent venir la mort il veut que Scharats meure avec lui.

En dehors de Scharats, Marko a souvent à son service un faucon qui est aussi supérieur aux autres faucons que Scharats l'est aux autres coursiers. Ce faucon ne sert pas seulement son maître à la chasse. Il lui porte ses lettres dans son bec. Un autre faucon lui apporte de l'eau à boire et le couvre de ses ailes étendues pour l'abriter du soleil. C'est parfois un aigle qui rend à Marko ce double service.

Marko lutte même contre les Vilas et les met à mal. Mais en général il est au mieux avec elles. L'une d'elles est sa *posestrima*, sa sœur d'adoption. Elle veille sur lui dans les dangers qui le menacent. Les récits ne sont pas d'accord sur les circonstances où a eu lieu l'adoption.

Marko est un terrible buveur de vin;

le plus souvent il promène à l'arçon de sa selle une outre pleine de vin noir; il avale d'un seul coup des rasades de douze okas (quinze litres environ). Le plus souvent il les partage avec son fidèle Sarac. Il fréquente assidûment les cabarets qu'il rencontre sur son chemin et où il lui arrive plus d'une mésaventure. Le vin est pour lui le cordial, le médicament par excellence. C'est avec lui qu'il soigne ses blessures. Il n'a d'ailleurs aucune prétention à l'ivrognerie et n'a rien de commun avec les héros bachiques.

Marko est généralement invincible, sauf dans les circonstances où il succombe à la ruse. Nous avons vu comment il tue des ennemis par douzaines; quand il se décide à faire un prisonnier, il l'attache à la selle de son cheval; il lui arrive aussi d'emmener parfois deux prisonniers ainsi attachés. Quand l'ennemi a succombé, il lui coupe la tête et la jette dans le sac où il porte le fourrage de Scharats, ou encore il l'attache au pommeau de sa sellette. Il ne ménage même pas les femmes; — nous avons cité plus haut quelques exemples de sa cruauté envers elles ; — mais jamais il ne se permet vis-à-vis des femmes le moindre acte d'immoralité.

Marko est avant tout un guerrier. Il ne connaît d'autre métier que le métier des armes. Un jour, tout en buvant du vin avec lui, sa vieille mère Euphrosyne lui fait remarquer qu'elle est lasse de laver les vêtements ensanglantés qu'il lui rapporte et elle l'engage à labourer la terre et à semer du blanc froment pour les nourrir tous les deux. Marko obéit à sa mère ; mais il pratique l'agriculture d'une façon peu commune. Il laboure la grand'-route. Viennent à passer des janissaires, conduisant trois charges d'or, qui lui disent : « Ne laboure pas les chemins. » Une querelle s'engage; Marko laisse les bœufs et la charrue et tue les janissaires; puis il rapporte les trois charges d'or à sa mère : « Voilà ce que mon labourage m'a fait gagner aujourd'hui. »

Ce n'est généralement pas lui qui commence les querelles, il attend qu'on le provoque ou qu'un plus faible, parfois un *pobratim*, un frère d'adoption, l'appelle à son secours. Ce secours, il ne le refuse ni à ses compatriotes, ni à ses maîtres les Turcs. Le bandit Mousa Kesedjia, autrement dit Mousa le coupe-jarrets, ne peut être vaincu par aucun musulman. Le sultan, dans un accès de mauvaise humeur, a jeté Marko en prison et ne sait à qui demander aide. On lui apprend que Marko est encore en vie dans la prison. Il donne l'ordre de le mettre en liberté. On va le chercher dans sa geôle et on le conduit devant le sultan; sa chevelure tombe jusqu'à terre; ses ongles sont devenus tellement longs qu'il pourrait s'en servir pour labourer; l'humidité du cachot l'a émacié et il est devenu noir comme une pierre brune. « Se peut-il bien que tu sois en vie ? lui demande le sultan. — Je suis vivant, Seigneur, mais cela va mal », et pour se refaire, il demande à passer trois mois au cabaret. Quand il s'est bien abreuvé de vin noir, il est de nouveau en état de courir les avantures. Il provoque Mousa et le fend du bas de la poitrine jusqu'à son blanc gosier. Mousa n'était pas facile à réduire; il n'avait pas moins de trois cœurs héroïques; après le coup terrible porté par Marko, l'un de ces cœurs s'agitait encore; dans le troisième un serpent était endormi. Quand le serpent se réveilla, le corps de Mousa se mit à sauter sur le gazon. Et le serpent dit à Marko : « Remercie Dieu que je ne me sois pas réveillé alors que Mousa était encore en vie; c'en était fait de toi.»

Marko coupe la tête de la victime, la fourre dans sa musette et va la porter au sultan. En la voyant, le sultan tressaute de frayeur. « Sois sans crainte, Sire Empereur, dit Marko; si tu tressautes ainsi devant une tête morte, comment aurais-tu résisté à Mousa vivant? » Et pour le remercier, le sultan lui donne trois sacs d'or ; c'est le tarif normal auquel se payent les exploits héroïques dans l'épopée serbe.

Dans la plupart des poésies, Marko apparaît en somme bon fils et bon époux, dans d'autres, — qui constituent à vrai dire la minorité, — il nous est présenté sous les aspects les plus farouches ; il est maudit par son père, il tue sa femme, sa mère, sa sœur, il dévore son fils changé en agneau. Quelques-uns des récits où il figure avec ces traits féroces paraissent avoir frappé particulièrement l'imagina-des Petits-Russiens et se retrouvent chez eux dans les légendes dont Marko le Maudit est le héros peu sympathique [1].

Nous avons noté plus haut que Marko joue un rôle particulièrement abominable dans une chanson roumaine.

Ce héros qui massacre si vaillamment amis et ennemis, qui égorge de pauvres femmes de façon si cruelle, est d'ailleurs un excellent chrétien. Il va à l'église les

(1) Voir plus haut, p. 10.

dimanches et jours de fête, se confesse et communie. L'histoire et l'archéologie nous attestent ses fondations pieuses. Bien entendu, ce dévot chrétien est accessible à toutes les superstitions de son temps. Il croit aux songes et aux mauvais présages.

Il est toujours par monts et par chemins, occupé à pourfendre ses ennemis personnels ou ceux de ses amis, à batailler pour le compte des Turcs, à protéger les faibles et les opprimés.

En général, il n'attaque point, il ne manie sa terrible massue que lorsqu'il se croit provoqué. Dès que la passion l'aveugle il est capable de tout.

On a quelquefois comparé Marko Kralievitch au Cid. Mais il y a entre le héros espagnol et le héros balkanique une différence fondamentale. Le Cid est le champion des Espagnols contre les Maures. Marko est le champion des Turcs contre tout venant. Les deux héros se ressemblent surtout par leurs misères morales.

Nous avons signalé celles de Marko. Le Cid n'est pas uniquement ce type de valeur et d'honneur castillan que la tragédie de Corneille présente à notre imagination; il est tout aussi rusé que brave. Il donne aux Juifs ses créanciers des gages imaginaires; il appelle souvent la fourberie à l'aide de sa force. Il se moque parfois de son roi, voire même de son père. Nous avons vu avec quel manque d'égards Marko traite à l'occasion le sultan.

Il est un autre héros espagnol avec lequel Marko Kralievitch a certains traits de ressemblance, c'est Don Quichotte. Comme lui, il remplit bien souvent le rôle d'un chevalier errant, vengeur d'injure qui ne sont pas les siennes. On l'invite volontiers aux noces, où il figure tantôt comme conducteur de la fiancée (*djever*)[1], tantôt comme témoin, parce qu'il es bon compagnon et aussi parce que l'on compte

---

1. Ce mot veut dire proprement le frère du mari. Cf. le grec δαήρ, le latin *levir*.

sur la vigueur de son bras pour mettre
à la raison les ivrognes et les malandrins.

Il oblige sans distinction les Serbes et
les Turcs. Au service de ces derniers, il
n'oublie pas qu'il est chrétien ; mais il
invoque et accepte au besoin le secours
des Vilas. Il est vrai que les Vilas sont
essentiellement serbes et qu'elles n'ont
rien à voir avec les superstitions des
musulmans. Sa déférence pour les Turcs
est parfois vraiment scandaleuse. Un jour
il reçoit trois invitations : celle du roi de
Hongrie pour une noce, celle de Janko
de Sibin pour un baptême ; la troisième
vient du sultan Bajazet, qui l'invite à
venir combattre contre les Arabes. C'est
à cette dernière qu'il se rend. Il tient à
remplir son devoir de vassal ; d'ailleurs,
lorsqu'il s'agit de batailler, Marko est
toujours prêt à partir. Il accepte du sultan le titre de *posinak* (fils d'adoption),
du Turc Ali Aga celui de *probatim* (frère
d'adoption). Mais quand il est en colère,
il ne connaît ni amis, ni ennemis. Parfois

les Turcs ont fort à se plaindre de lui et viennent se plaindre au sultan. « C'est dur, disent-ils, d'avoir affaire à Marko. »

Le vizir Mourat a invité Marko à la chasse au faucon et casse l'aile de son faucon favori. Marko entre en fureur : « C'est grand dommage, pour moi et pour toi, mon faucon, d'aller à la chasse avec les Turcs sans les Serbes. »

Et après avoir raccommodé l'aile de son faucon, il ramasse une bande de compatriotes et massacre les Turcs. Une autre fois, il délivre trente jeunes filles captives chez les Turcs. L'Arabe d'outre-mer qui a affermé le pays de Kosovo exploite le peuple, exige un tribut des nouveaux mariés des deux sexes. Marko le tue. Le sultan Souleïman a fait défense aux chrétiens de boire du vin pendant le Ramazan, de porter des dolmans verts, de ceindre des sabres forgés et de danser avec des dames turques. (Ici la fantaisie du chanteur en prend vraiment bien à son aise : on ne voit pas très bien des dames

turques dansant avec des chrétiens, surtout pendant le Ramazan.) Marko ne
tient nul compte de l'ordre impérial, et
le sultan, informé de sa désobéissance, le
mande à son conseil; les envoyés du
sultan arrivent auprès de Marko au
moment où il est en train de vider une
coupe de douze ocques (quinze litres).
Il pousse même l'impudence jusqu'à for-
cer les hodjas[1] et les pèlerins à boire du
vin avec lui. Marko reçoit fort mal les
messagers, brandit sa coupe et casse la
tête des musulmans. Puis il se rend au
divan, s'assied à la droite du sultan, rabat
son bonnet sur la tête, serre sur la poitrine sa masse d'armes et son sabre. Il se
justifie de façon fort insolente : « Si je
bois du vin, c'est que ma religion le permet; si je force les pèlerins et les hodjas
à boire, c'est que je m'ennuie de boire
seul et qu'ils seraient peut-être tentés
d'aller au cabaret. » Et il s'échauffe si

---

1. *Hodja,* prêtre musulman.

bien dans ses explications que le sultan prend peur et regarde s'il n'a personne auprès de lui pour le défendre. Marko l'accule à la muraille, et le sultan, pour lui échapper, tire cent ducats de sa poche : « Tiens Marko, va boire. »

Marko fera toute espèce de concessions au sultan, mais sur le chapitre du vin il est inébranlable.

Il donne au besoin des leçons aux Turcs. Un jour il célèbre avec sa mère la *Slava*, la fête de son patron. Il a donné l'ordre à son serviteur Vaïstina de ne pas laisser entrer de Turcs. Trois agas et trente janissaires forcent la porte, après avoir grièvement blessé le serviteur. Marko les invite brutalement à déguerpir, en les menaçant de décorer Prilep de têtes turques s'ils refusent d'obéir à son injonction. Sa mère intercède; il les laisse entrer et leur offre du vin que les Turcs acceptent sans façon. Quand ils ont bien bu, Marko les invite à dédommager Vaïstina des coups reçus s'ils ne veulent faire connaissance avec cette massue dans laquelle il y a quarante okas de fer, vingt okas d'argent et six okas d'or. La fièvre saisit les Turcs à la seule pensée de la terrible massue. Chaque janissaire tire vingt ducats, les agas chacun trente et ils les offrent à Marko. Mais Marko est de fort méchante humeur ; il exige encore un cadeau pour sa femme ; et les Turcs offrent de nouveau, les uns dix ducats, les autres vingt. Marko remplit ses poches et se promène par la salle en chantant : « Ma chère mère, si je prends de l'argent aux Turcs, ce n'est pas que j'en manque ; si j'en prends, c'est afin qu'on chante et qu'on raconte comment Marko a traité les Turcs. » Les Turcs s'éloignent de la maison en pleurant, et ils se disent : « Malheur à tout Turc qui viendra désormais chez ce giaour le jour de la fête de son patron ! Avec ce que nous avons donné pour un repas, il y avait de quoi se nourrir pendant un an. »

C'est par de telles fictions que l'imagination populaire se console du désastre de Kosovo et de la perte de l'indépendance nationale.

Si dévoué qu'il soit officiellement au sultan Marko reste toujours bon chrétien; il ne manque jamais, même chez les Turcs, de célébrer la fête de son saint patron. Ce jour-là il sert ses hôtes, assisté par sa mère et sa femme, et il pratique particulièrement les vertus chrétiennes autant que le lui permet la violence de son caractère. Son *pfobatim* (frère d'adoption), le bey Kostadin, l'invite à la fête de la *Slava* [1] Marko à cette occasion lui reproche amèrement de manquer aux devoirs d'un bon Serbe et d'un bon chrétien. Un jour, pendant le festin deux mendiants sont venus lui demander du pain et du vin. Il leur a refusé. Marko les a emmenés, les a habillés magnifiquement et les a renvoyés chez Kostadin, qui, cette fois les a hébergés. D'autre

1. La fête du saint patron.

part, Kostadin, n'invite pas à sa table son père et sa mère pour boire à la fête de la Slava la première coupe de vin.

A l'occasion Marko sait même être bon pour les animaux. Un jour qu'il se sent malade sur le grand chemin, il s'écrie : « Celui qui me donnerait de l'eau à boire et me procurerait un peu d'ombre aurait droit au paradis. » Aussitôt un faucon arrive, lui apporte de l'eau dans ses serres, lui fait de l'ombre avec ses ailes. Marko s'étonne de ces bons traitements. Le faucon lui rappelle qu'au temps jadis, lors de la bataille de Kosovo, il eut les ailes coupées par les Turcs. Marko le releva, le mit sur un sapin et le nourrit.

Ce chant fait partie d'un petit groupe de pesmas relativement peu nombreux qui essaient de rattacher la légende de Marko au cycle de Kosovo. Une variante du même chant substitue un aigle au faucon.

LA MORT DE MARKO

Mais il est temps d'en venir à la mort de notre héros. Elle constitue un tableau d'une grandeur vraiment épique. La Vila, sa sœur adoptive, lui a prédit de quelle façon il quittera ce monde. Il ne mourra ni d'un coup d'épée ni d'un coup de lance, — il n'y a pas de héros capable de se mesurer avec lui, — mais de la main de Dieu le vieux bourreau (*stari krvnik*), autrement dit de mort naturelle.

Elle l'envoie dans la montagne ; là, entre deux sapins élancés, il doit rencontrer une source, se mirer dant l'eau et y apprendre le secret de sa mort. Il se rend au lieu dit. A considérer son visage dans l'eau de la source, il devine qu'il doit mourir. Il se résigne et fait ses préparatifs. Il commence par tuer son fidèle Scharats pour qu'il ne tombe pas aux mains des Turcs ; il brise son sabre, il lance sa masse d'armes dans la mer, en s'écriant : « Lorsque cette masse sortira de la mer, qu'il naisse un héros tel que moi », et écrit son testament. Il lègue trois sacs d'or (c'est le nombre épique et rituel) pour les infirmes. Il suspend son testament à une branche, puis il ôte son dolman, l'étend sur l'herbe, fait le signe de la croix, rabat son bonnet sur ses yeux et meurt.

Pendant huit jours entiers il reste étendu sur le sol. Tous les passants s'écartent avec terreur, croyant Marko endormi et craignant de le réveiller. Enfin vient à passer un hégoumène du monastère de Chilandar, le grand sanctuaire serbe du mont Athos; il remarque le testament pendu à l'arbre et relève le corps de Marko. Il le charge sur son cheval, puis sur une barque et le transporte au monastère; il l'ensevelit dans l'église et n'élève aucun monument afin qu'on ne connaisse pas sa tombe et que ses ennemis ne puissent exercer aucune vengeance sur ses restes.

Un autre poème retrouvé dans les papiers posthumes de Karadjitch et publié dans la nouvelle édition des *Pesme* (t. V, 1899) nous raconte autrement la mort de Marko.

Un corbeau et un loup rencontrent dans la montagne un héros blessé, couché dans une grotte, et s'apprêtent à le dévorer. Le héros sort de son évanouissement et se met en défense. Puis il s'adresse en ces termes au corbeau : « Prends cette lettre, va la porter à Kosovo, à la Blanche Église, et remets-la à l'hégoumène Sava. Je te nourrirai de viande à discrétion. » Dans cette lettre il invite l'hégoumène à venir lui porter la communion et les derniers sacrements. Sava arrive, accompagné de douze voïévodes. Il trouve Marko encore en vie et l'administre. Marko demande à être enterré sur le champ de bataille de Kosovo et lègue Scharats à l'abbé. On charge Marko mort, sur le généreux coursier et on l'ensevelit dans la tombe qu'il a demandée. Les funé-

railles à peine terminées, Scharats pousse
trois hennissements et meurt. On l'enterre
non loin de son maître, et sur chacun des
deux tombeaux on élève un monument.
Peu de temps après les Turcs deviennent
définitivement les maîtres de tout le pays
serbe[1].

Nous avons vu que l'imagination populaire s'était quelquefois essayée à rattacher le cycle épique de Marko Kralievitch
à celui de Kosovo. Nous retrouvons cette
tendance dans un chant bulgare sur la mort
de Marko[2] ou plutôt sur sa disparition.

1. D'après une légende orale, qui n'a pas
pris la forme de l'épopée, Marko n'est pas mort :
il dort dans une grotte; il a attaché son cheval
à l'entrée de la grotte et fiché son sabre dans le
rocher. Scharats se nourrit de la mousse qui croît
dans la grotte; peu à peu le sabre sort lentement
de la roche où il est fiché. Quand Scharats aura
fini de manger la mousse, quand le sabre sera
sorti tout entier de la roche, Marko se réveillera
et reviendra parmi les Serbes.

2. Ce chant, publié pour la première fois dans
le tome XIV du *Sbornik* de Sofia, a été réimprimé
dans le Recueil de M. Iordanov, p. 211-212.

Marko est allé guerroyer en Anatolie contre les janissaires. A son retour il a un mauvais rêve. Il voit le ciel qui s'ouvre et toutes les étoiles qui tombent à terre. Il demande l'explication de ce rêve à sa mère. Celle-ci lui explique que pendant son absence les Turcs sont devenus les maîtres du pays. Il n'a plus qu'à livrer les clefs de Prilep et à se soumettre. Il veut résister, mais saint Élie lui apparaît et lui annonce qu'il doit se résigner : ce qui était bulgare sera maintenant turc et le Turc règnera à Prilep. Alors il tue sa femme pour quelle ne tombe pas aux mains des Turcs, il tue son fils Bogdan, il tue son bon cheval Scharats et s'enfuit lui-même... aussi loin que les yeux peuvent voir.

J'arrête ici cette longue analyse. Elle suffit à donner une idée de l'infinie variété des thèmes développés par la fantaisie sud-slave et groupés par elle autour du personnage légendaire de Marko.

BIBLIOGRAPHIE

Kraljevitch Marko u Narodnim Pesmama (*Marko Kralievitch dans les chants populaires*), recueil publié par Tichomir Ostoitch, Novi Sad, édition de la *Matitsa Srpska*, in-16, 1903.

M. Khalansky, *Chants sud-slaves sur la mort de Marko Kralievitch*, Saint-Pétersbourg, Imprimerie de l'Académie des Sciences, 1904.

M. Khalansky, *Les récits sud-slaves sur Marko Kralievitch dans leurs rapports avec les épopées populaires de la Russie*), 4 volumes, Varsovie, 1893-1896.

Iordanov, *Krali-Marko dans l'épopée populaire bulgare*, 1 volume in-8°, Sofia, Imprimerie de l'Etat, 1901.

TABLE DES MATIÈRES

LE PUY. — IMP. PEYRILLER, ROUCHON ET GAMON

9 782019 914509